LETTRES SUR LA GUERRE

DE

1870

PAR

Ad. Franck

Membre de l'Institut de France

A Sa Majesté le Roi Guillaume.

Aux Populations Allemandes.

Aux Puissances Neutres.

MILAN

Dumolard Frères, Libraires

1871

Londres, Barthés et Lorwell, 14 Great Marlborough Street.
Bruxelles, Ch. Muquardt, Editeur.
Genève, A. Cherbuliez et Comp.

LETTRES SUR LA GUERRE

DE

1870

PAR

Ad. Franck

Membre de l'Institut de France

A SA MAJESTÉ LE ROI GUILLAUME.

AUX POPULATIONS ALLEMANDES.

AUX PUISSANCES NEUTRES.

MILAN

Dumolard Frères, Libraires

1871

Avertissement des Editeurs

Ces trois lettres ont été écrites pour le *Moniteur Universel de France.*

La première a déja été reproduite par un grand nombre de journaux, tant en France qu'à l'étranger où elle à provoqué une très vive sensation.

En les réunissant dans une même brochure nous ne doutons pas de l'accueil favorable qu'elles recevront en Italie. Les hommes sérieux désireront conserver ces documents d'une véritable importance historique.

Comme annexe nous les avons fait suivre des deux circulaires du Ministère des Affaires etrangères en date des 12 et 29 novembre 1870 qui paraissent, pour ainsi dire, en former le corollaire. En effet ces pièces diplomatiques relatent d'une manière détaillée la plupart des faits que M.r Franck a rappelés sommairement à l'appui des considérations développées dans ses trois admirables lettres.

PREMIÈRE LETTRE

Quand on ne peut pas désarmer
le crime, il faut le déshonorer.
AD. FRANCK.

A Sa Majesté le Roi Guillaume.

SIRE,

Puisque les souverains de l'Europe et ceux qui ont reçu la mission de parler en leur nom, les ministres, les ambassadeurs, les personnages constitués en dignité, assistent silencieux et indifférents à la tragédie épouvantable où vous jouez à cette heure, au moins d'une manière ostensible, le premièr rôle, souffrez qu'une voix inconnue, sortant des profondeurs de la foule, comme un écho de la conscience publique, essaie de plaider devant vous la cause de la justice, de l'humanité, de la civilisation, si cruellement délaissée par les grands de la terre.

Je n'invoquerai point contre le but que vous poursuivez dans cette guerre, et contre les moyens par lequels vous et vos conseillers vous vous flattez de l'atteindre, les raisons que pourraient me suggérer l'esprit philosophique de notre siècle, les règles les plus incontestées du droit international, les opinions des publicistes les plus accrédités de votre propre pays. Je sais que la philosophie, le droit, l'autorité de la science, les exemples fournis par la conduite d'autrui, exercent une faible influence sur vos décisions souveraines. Persuadé, comme les princes du moyen âge que votre pouvoir vient de Dieu, vous méprisez les conseils de la sagesse humaine et vous affectez de puiser toutes vos inspirations à une source surnaturelle. Vous avez introduit, dans la politique le langage de la théologie ; vous parlez comme un apôtre couronné à qui le Très-Haut aurait confié la mission de réaliser son règne sur la terre ; on va même jusqu'à vous attribuer des sermons où vous combattez la France avec le texte de saint Luc, pendant que vos géneraux la foudroient avec vos mitrailleuses et vos canons d'acier. Voyons donc comment cet ardent amour de la religion se soutient dans votre conduite de roi ; examinons si les leçons de l'Evangile tiennent autant de place dans vos actes que dans vos discours.

Le premièr précepte de l'Evangile, et non seulement de l'Evangile, mais de la loi naturelle et de la plus vulgaire morale, c'est de respecter la vérité, c'est d'être sincère avec soi-même et avec les autres. Ce précepte, l'avez-vous rempli envers nous, Sire ? Vous avez annoncé solennellement avant l'ouverture des hostilités, que vous ne faisiez pas la guerre à la France, mais à l'empereur Napoléon III. Voilà bientôt deux mois que l'empereur Napoléon est tombé captif entre vos mains ; et la guerre, malgré les offres de paix, qui vous ont été faites par le nouveau gouvernement, continue contre la France avec une furie qui paraît s'accroître chaque jour. Vous connaissez l'histoire d'Ananie et de Saphire.

Pour un mensonge, qui nous paraitrait aujourd'hui presque innocent, l'apôtre inflige la peine de mort à deux membres obscurs de l'Eglise naissante. Il n'est pas permis de supposer qu'il aurait été moins sévère envers un souverain qui a violé à la face du monde sa parole royale, sachant qu'il en coûterait à deux nations chrétiennes, plusieurs centaines de milliers de têtes innocentes.

En admettant, ce qui est loin d'être démontré et ce que l'histoire impartiale ne manquera pas certainement de démentir un jour, que votre adversaire ait été l'agresseur, maintenant qu'il est sous vos pieds et que la France est allée vers vous un rameau d'olivier à la main, qu'est ce qui vous retient dans cette œuvre de carnage? Le Dieu de l'Evangile que vous faites profession de servir, non seulement comme homme, mais comme prince? ce n'est pas le Dieu de la guerre, ce n'est pas le Dieu des armées, c'est le Dieu de la charité et de la paix, le Dieu de l'amour et de la concorde.

On ne saurait, sans doute appliquer à un État les mêmes règles d'abnégation que la parole évangélique prescrit aux individus. Menacé dans son indépendance ou blessé dans son honneur un peuple et par conséquent le souverain qui le représente ne peuvent pas tendre la joue gauche après avoir été frappé sur la joue droite. Leur premier devoir, parce que c'est la condition même de leur existence, est de repousser la force par la force et de poursuivre la réparation des injures qu'ils ont souffertes. Les guerres défensives, tant qu'on n'aura pas fondé au moins pour la portion la plus éclairée du genre humain, l'arbitrage des nations, seront donc toujours légitimes. Mais il n'en est pas de même des guerres d'ambition, des guerres de conquêtes pareilles à celle que vous faites en ce moment à notre pays. Celles là, le plus grand docteur de l'Eglise, saint Augustin, les à qualifiées comme elles le meritent en les appelant un métier de brigands exercé sur une grande échelle [1].

Le but avoué par Votre Majesté, ou ce qui revient au même, par le chancelier de vos Etats, soi-disant confédérés du Nord, n'est-ce-pas la conquête de la Lorraine et de l'Alsace? Or nous ne sommes plus aux temps où une nouvelle province ajoutée à un royaume ne représentait exactement qu'une extension de territoire, parce que les peuples courbés partout sous un joug uniforme passaient avec indifférence d'un maître à un autre; en se demandant comme l'âne de la fable, si on leur ferait porter double bât. Aujourd'hui que, grâce à la Révolution du 89, le sentiment de la dignité humaine, l'attachement du citoyen à ses devoirs et à ses droits, se sont éveillés dans toutes les classes de la société française la conquête de la Lorraine et de l'Alsace voudrait dire la conquête des Lorrains et des Alsaciens. Ce sont donc des hommes, ce sont des créatures formées à l'image de Dieu, que vous voulez faire entrer par la force, comme un vil troupeau, dans votre bercail germanique.

Mais, direz vous, je ne fais que les rendre à leur première patrie, puisque le sol sur lequel ils vivent appartenait autrefois à l'empire d'Allemagne. S'il en est ainsi, rendez-donc à l'Autriche la Silésie, que votre aïeul Frédéric II lui a prise ; rendez à la Pologne ou à sa propre autonomie le duché de Posen, incorporé dans

1 Grande latrocinium.

vos Etats par un honteux partage, à la suite d'un véritable guet-apens ; rendez au Danemark les discricts danois, que vous retenez sous votre domination au mépris de votre parole et de la foi des traités! L'empire d'Allemagne si j'ai bonne mémoire, comprenait aussi l'Autriche, que le tranchant de votre épée en a séparée, la ville libre de Francfort, aujourd'hui ville prussienne, le royaume de Hanovre, le duché de Nassau, aujourd'hui provinces prussiennes.

Qu'importe au reste, que l'Alsace et une partie de la Lorraine aient appartenu il y a deux siècles à l'empire d'Allemagne, qui a cessé d'exister?

Il n'y a pas aujourd'hui, vous avez chaque jour l'occasion de vous en convaincre, deux provinces plus françaises de cœur, et où le nom allemand bien plus encore le nom prussien inspire, je ne voudrais pas me servir d'une expression trop offensante, inspire plus d'aversion.

Pour justifier l'annexion de cette portion de la France au territoire de l'Allemagne, on a fait valoir encore un autre motif. On a dit qu'il fallait à Votre Majesté et à son peuple, des garanties contre un attaque ultérieure de la part de notre pays. Le sens moral et le bon sens sont également blessés par ce langage. C'est comme si un homme qui vient de se battre en duel ôsait dire, après avoir vaincu son adversaire : « Ce n'est pas assez de lui avoir fait rendre son épée et d'avoir obtenu la réparation à laquelle je me croyais droit, il faut maintenant, pour le réduire à l'impuissance de recommencer, que je lui coupe un ou deux membres essentiels. » Puis comment cette amputation pratiquée sur la France par la prise de deux de ses provinces les plus chères et les plus dévouées pourrait-elle prévenir le retour de la guerre? Ce serait, au contraire, le moyen, dans un délai prochain de la rendre absolument inévitable. A peine la respiration sera-t-elle revenue à ce corps haletant et mutilé, que les membres détachés viendront se rejoindre au tronc, et que celui-ci s'agitera dans des convulsions, jusqu'à ce qu'ils lui aient été rendus, ou que la vie l'ait abandonné. Ce sera une guerre d'extermination entre deux grands peuples dont l'intelligence, les richesses et les forces pourraient si bien servir à un meilleur usage.

S'il y a quelque chose de plus odieux encore que le but de cette guerre, c'est la manière dont elle est faite. Or c'est vous qui la faites, nous nous bornons à la repousser. Il faut remonter jusqu'à l'invasion des barbares, pour rencontrer quelque chose d'analogue à ce qui se passe aujourd'hui ; toute une nation en armes qui se précipite comme une avalanche, comme un déluge sur une nation voisine pour la submerger. Mais ce n'est point par leur nombre seulement que les armées allemandes qui ont envahi notre pays nous rappellent les Huns et les Teutons, c'est surtout par leur férocité, leur inhumanité et leurs aveugles fureurs.

Il ne serait pas juste d'acceuillir sans contrôle les faits qui nous sont dénoncés chaque jour par les journaux et les lettres particulières: les femmes outragées sous les yeux de leurs enfants et de leurs maris, les gardes nationaux lâchement assassinés après le combat, pour avoir vaillament accompli leur devoir ; des milliers de prisonniers désarmés massacrés en masse par leurs gardiens, les prêtres arrachés à l'autel (l'abbé Sarcelle, entre autres), et pendus comme de vils malfaiteurs!

Non, par respect pour l'honneur de notre siècle, je ne croirai à de tels récits que lorsque, après une sévère enquête, il sera devenu impossible de les nier.

Mais, ce qui est hors de doute, c'est votre dessein, poursuivi avec une cruauté implacable, de dévaster, de ruiner, de souiller, d'ensanglanter toute la France. Les villes ouvertes et les villes fortes, les villages comme les cités, aucun lieu habité n'est à l'abri du torrent de l'invasion. Votre artillerie, dirigée avec une adresse surprenante, et par conséquent frappant toujours avec intention, écrase aussi bien les habitations privées et les populations pacifiques que les citadelles et leurs défenseurs. Elle ne se fait pas de scrupule de détruire même les monuments les plus vénérés de l'art et de la réligion, puisqu'elle a dirigé ses coups contre la cathédrale de Strasbourg. Ce qui n'est pas écrasé par les boulets et par les bombes est devoré par le feu.

Qu'avez vous fait d'une des plus riches bibliothèques de France ? Et Chateaudun, et Ablis, et Courcelles, qu'en reste-t-il encore sinon des monceaux de cendres? A Bazeilles, dont le nom sera pour vos armes et pour vous une honte ineffaçable, vos troupes ne se sont pas bornées à brûler des maisons, elles ont brûlé des vieillards, des femmes et des enfants. A Bazeilles, se sont renouvellées, dans un petit espace, les horreurs du sac de Magdebourg.

Il y a un autre procédé qu'il est impossible de ne pas signaler à l'indignation publique, et dont la responsabilité remonte jusqu'à celui qui exerce de nom ou de fait le commandement en chef des armées allemandes. Non contentes des réquisitions, des actes de déprédation, des ravages plus ou moins autorisés par les lois de la guerre et de la saisie de toutes les valeurs municipales ou nationales, non contentes d'écraser et de désespérer les populations par des contributions insensées, comme le million exigé récemment de chacun des départements envahis, vos troupes on fait revivre un procédé d'exaction qui semblait banni à jamais des nos mœurs; elles ont pratiqué le pillage des maisons particulières, et cela, non dans une ville forte prise d'assaut, mais dans une ville ouverte, dépourvue de tout moyen de défense, et qui venait de sacrifier, par les mains de la municipalité, une somme exorbitante. Le pillage de Saint Dizier n'est pas plus contestable que les abominations de Bazeilles.

C'est ainsi que se serait conduit Attila s'il avait possédé vos canons d'acier et vos fusils à aiguille. Attila n'a pas été plus féroce ; il a été moins malfaisant, parce qu'on ne lui avait pas appris à mettre la science au service de la barbarie. Que voulez vous que pensent de nous, en assistant à ce spectacle, les peuples à demi-civilisés, païens ou musulmans, que nous avons l'ambition d'élever jusqu'à nous par nos principes et nos exemples? Quelle opinion pourront-ils se faire du christianisme et de la culture si vantée de notre Occident, quand ils seront instruits de vos exploits, quand ils sauront que c'est une des nations réputées les plus pieuses et les plus savantes de cette Europe si fière de sa religion et de sa civilisation, qui pratique ainsi envers une nation voisine, son égale en toutes choses, le dogme de la fraternité chrétienne ?

Sire, il est permis de croire en comptant les années de votre vie que le terme n'en est pas éloigné. Vous devez vous attendre à rendre compte de l'usage que vous avez fait de votre puissance devant un juge plus sévère que le parlement prussien ou la diète de la Confédération du Nord. Ne pensez vous pas qu'il vous sera bien difficile de justifier en sa présence tout ce sang répandu sans nécessité, toutes ces ruines, toutes ces larmes, tous ces cris de désolation et de désespoir poussés à la fois des deux côtés de la frontière? Quant à votre gloire terrestre, s'il y a de la gloire à être le plus fort par le nombre des hommes et des engins de destruction, elle disparait devant le prix qu'elle a coûté à vos propres sujets.

Ad. Franck, DE L'INSTITUT.

DEUXIÈME LETTRE

Aux Populations Allemandes.

La guerre que l'Allemagne fait aujourd'hui à la France ne ressemble à aucune de celles qui l'ont précédée dans l'histoire des peuples modernes.

Ce n'est pas une armée aux prises avec une armée sous l'impulsion de deux gouvernements animés l'un contre l'autre par des ambitions rivales ou des intérêts opposés ; ce sont deux nations qui luttent entre elles avec toutes leurs forces et toute leur population virile et dont la plus favorisée par le sort des batailles se montre décidée à ne lâcher sa proie que lorsqu'elle pourra se figurer qu'elle a cessé d'exister. Puisque ces deux nations sont du nombre de celles qui passent pour les plus éclairées et les plus intelligentes, il faut bien supposer qu'elles ont conscience de leur œuvre, que ce sont elles qui l'ont voulue, sachant pourquoi elles l'ont voulue et la veulent encore à cette heure.

De notre côté et dans la situation où nous sommes, l'explication n'est que trop facile ; la France est en armes pour reconquérir son territoire submergé sous

2

le flot de l'invasion. Elle défend non seulement son honneur et son indépendance, mais son existence même menacée par le siége de sa capitale et par l'interruption de tout commerce entre sa tête et ses membres. Mais vous, Allemands, quel motif vous pousse à travailler à votre ruine ? Quel avantage trouvez vous à poursuivre cette guerre d'extermination qui vous a dejá coûté de si cruels sacrifices et qui, sans compter l'inconstance de la fortune des combats, ne saurait se prolonger sans attirer sur vos têtes autant de souffrances et de misères que vous en faites peser sur les nôtres ?

Des politiques intéressés et des écrivains complaisants exploitant d'anciens souvenirs, nous ont représentés à vos yeux comme vos ennemis implacables, occupés sans cesse à ternir votre gloire, à troubler votre repos et à conspirer contre votre puissance. Si la France, depuis la fin du premier empire, a eu à se reprocher quelque passion au sujet de ses voisins, c'a été son admiration sans bornes pour l'Allemagne, sa foi aveugle dans la puissance de son génie et son désir imprudent de l'imiter en toutes choses. Toutes les générations qui ont passé par nos écoles depuis 1815 jusqu'à ces dernières années ont été bercées en quelque sorte aux noms de vos poëtes, de vos historiens, de vos philosophes, de vos érudits, de vos critiques. On ne croyait pouvoir atteindre à un rang un peu élevé dans une branche quelconque des connaissances humaines qu'en subissant le contrôle et en puisant aux sources de la science allemande. Quels artistes ont jamais excité plus d'enthousiasme parmi nous que Mozart, Beethoven, Meyerbeer ? Il semblait que leurs divines mélodies fussent douées du pouvoir, non de rapprocher mais de confondre les âmes des deux nations.

La politique ne faisait rien pour se mettre en travers de cette pente générale des esprits. Rappelez-vous les dix huit années du régne pacifique de Louis Philippe, agité seulement en 1840 par un léger souffle de passions guerrières quand la France se crut menacée d'une nouvelle coalition européenne. Rappelez-vous les paroles de paix et les protestations d'amitié que Lamartine, alors ministre des affaires étrangères et membre du gouvernement provisoire, adressait aux puissances le lendemain de la révolution de février. Lorsque trois ans plus tard, la république était déjà en fait remplacée par l'empire et qu'il ne s'agissait plus que d'inscrire cette substitution dans la loi, quelles furent les paroles, que prononça le futur empereur? « L'empire c'est la paix. » Sincère ou non, cette déclaration était jugée nécessaire pour gagner l'opinion publique sur laquelle le nouveau gouvernement sentait le besoin de s'appuyer.

Si la France avait nourri quelque dessein contre l'intégrité ou l'indépendance de l'Allemagne; si cette ambition, non moins folle que coupable avait été, comme le supposent vos hommes d'état et vos publicistes, un des traits caractéristiques de notre esprit national, comment le gouvernement français aurait-il proposé il y a quelques années un congrès pour assurer à l'Europe une paix durable? Comment presqu'à la veille de la crise que nous traversons, aurait-il commencé à négocier avec les puissances étrangères une réduction de l'armement général et une paix à la fois moins précaire et moins onéreuse pour les peuples? Enfin comment le parlement français, quand il eut repris sur les affaires du pays un légitime ascendant jugea-t-il opportun de diminuer de dix mille hommes le contingent annuel de notre armée? Ces faits sont plus éloquents que tous les discours, ils attestent que la France n'a jamais songé depuis plus d'un demi siècle qu'à vivre en bons termes avec ses voisins des deux rives du Rhin.

Ce ne sont point pourtant les provocations qui lui ont manqué et il lui fallait pour y résister plus de fermeté et de raison qu'à une nation d'humeur moins bouillante. Mais savez vous d'où venaient ces provocations? Elles partaient de votre côté. Si paradoxale que puisse paraître aujourd'hui cette allégation à ceux qui ne jugent les hommes et les choses que sur l'apparence, elle n'est que l'expression exacte de la vérité. Ce sont vos érudits et vos publicistes qui, substituant à l'idée morale de la patrie le principe physiologique et l'instinct bestial de la race, en ont tiré cette conséquence menaçante pour la paix, insultante pour la France que toutes les provinces de race allemande, de langue allemande, et au premier rang parmi elles la Lorraine et l'Alsace, devaient faire corps avec l'Allemagne et passer après la restauration de l'empire germanique, sous la domination des nouveaux Césars.

Cette prétention ne demeura pas longtemps à l'état de théorie; elle gagna une portion considérable de l'opinion, elle fut soutenue publiquement par le parti soit disant libéral au sein du parlement éphémère de Francfort. Mais ce n'est ni la puissance de l'opinion, ni celle des assemblées délibérantes qui furent appelées à la traduire en fait; cette tâche était réservée au roi de Prusse, qui l'accomplit à son profit par la grâce du fusil à aiguille et du canon d'acier. Ce prince aussi pieux que désintéressé, sous prétexte qu'il ne pouvait se dispenser d'exécuter les ordres du Ciel, incorpora une partie des Etats de l'Allemagne dans ses propres Etats et enlaça les autres dans un réseau fédéral, que M.r de Bismark avait fabriqué avec tant d'art, que leurs droits souverains se résumaient tout entiers dans la faculté de choisir entre l'annexion et l'obéissance.

La France ne pouvait assister avec indifférence à cette œuvre de la ruse et de la force. C'était la politique de conquête qui se dressait vers ses frontières en plein XIXè siècle, la menaçant indirectement dans deux de ses provinces les plus patriotiques et les plus vaillantes. Cependant elle ne sortit point de son attitude inoffensive. C'est même à ce moment, après la bataille de Sadowa qui nous intéressait beaucoup plus que M.r de Bismark ne veut en convenir, qu'elle réduisit ses forces et demanda à l'Europe de l'imiter. Le cœur tout rempli de ces patriotiques angoisses dont M.r Rouher parlait un jour à la tribune du Corps législatif, elle a su se contenir, dans l'intérêt de la paix et de ses institutions régénérées.

Qu'est-ce donc qui a poussé son gouvernement et ses deux assemblées à se départir subitement de cette régle de sagesse ? On ne l'a pas assez dit, ou dans le déchaînement des passions on ne l'a pas assez remarqué, ce qui nous a mis les armes à la main, c'est une provocation purement prussienne, et non seulement prussienne, mais personnelle au roi Guillaume. Je veux parler de l'acceptation du trône d'Espagne par un prince de Hohenzollern. On se demande en vain ce que l'Allemagne ce que la Confédération du Nord, la Bavière le Wurtemberg, le Grand duché de Bade avaient à voir dans cette affaire. De notre côté, après que le prince de Hohenzollern eut retiré sa candidature, nous n'avions aucun motif de mettre en avant d'autres exigences.

Mais des deux parts, l'amour propre national était trop irrité pour écouter les conseils soit de la justice, soit de la patience.

Le crime du gouvernement français (car son imprévoyance et sa précipitation ne peuvent être qualifiés autrement) c'est d'avoir déclaré la guerre sans y être préparé, tandis qu'il devait s'y préparer en laissant à d'autres, qui n'y auraient point failli, le soin de la lui déclarer. Il prenait le rôle apparent d'agresseur lorsqu'en réalité il se bornait à repousser l'agression. Mais ce crime du gouvernement français, la France et lui même l'ont assez expié. Les désastres de Freischwiller et de Sédan, la capitulation encore inexpliquée de l'armée du Rhin, la reddition de Metz, de Strasbourg et de tant d'autres villes fortes, l'Empereur tombé du trône et captif en Allemagne avec trois maréchaux, plusieurs milliers d'officiers et la plus grande partie de ses troupes, n'est-ce pas assez pour l'honneur de vos armes? Que voulez vous de plus et qu'attendez vous désormais de cette guerre odieuse qui n'a déjà que trop duré?

Ne regardez pas seulement le mal que vous nous faites, songez à celui que vous vous faites à vous mêmes. Pensez à ces femmes, à ces enfants qui pleurent sur votre absence, bien heureux encore quand ils n'ont pas à pleurer votre mort. Représentez vous la misère, l'abandon de la plupart d'entre eux, vos ateliers dépeuplés, vos champs privés de culture, votre commerce ruiné pendant que votre sang coule à grands flots sur les champs de bataille et que la maladie aggravée par la douleur de l'exil sévit dans vos rangs. Il y a quelque chose qui vous atteint encore plus profondément que ces souffrances réunies de l'âme et du corps, c'est le rôle qu'on vous fait jouer dans cette invasion sans exemple. Vous n'êtes plus des soldats, encore moins des citoyens d'une nation civilisée, qui respectant les principes les plus universellement reconnus du droit des gens, ne font la guerre qu'à l'Etat avec lequel ils sont en hostilité, ne se battent que contre des armées, ne s'attaquent qu'à des forces publiques, ne détruisent que des remparts et des citadelles. On a fait de vous, si fiers de votre science, de votre piété, de votre moralité, de votre douceur naturelle, des hordes de sauvages qui n'ont gardé de la civilisation que la puissance du mal. Le pillage, la dévastation, l'incendie, le massacre des populations inoffensives, tels sont vos exploits habituels et les moyens par lesquels vous espérez rendre cher à nos départements de l'Est le souvenir de leur origine germanique. Sachez le bien, il n'y a pas de règlements militaires qui puissent effacer les lois de la nature ; chacun de nos paysans fusillés après le combat pour avoir défendu sa maison, sa femme et ses enfants, est la victime d'un lâche assassinat qui crie vengeance devant Dieu et devant la posterité.

Mais comment respecteriez vous les lois de l'humanité envers ceux qu'on vous représente comme vos ennemis, quand les souverains d'Allemagne vos seigneurs et maîtres, les respectent si peu envers vous ? A voir avec quelle promptitude, avec quelle gaieté de cœur, ils lèvent chaque jour contre nous de nouvelles armées et appellent successivement sous les drapeaux, toute la population virile de votre pays, on dirait que la vie humaine est absolument sans prix à leurs yeux et que de leurs bien aimés sujets ils ne sauraient faire un meilleur usage que de les précipiter comme un vil engrais sur une terre étrangère dont ils convoitent la possession.

Afin de vous faire prendre en patience cette humiliante condition et les cruels sacrifices qu'elle vous impose, on s'adresse à votre orgueil, on essaie de vous énivrer avec les fumées de la gloire, on vous montre la Lorraine et l'Alsace définitivement acquises à l'Allemagne, la France descendue au rang de puissance de second ordre et même, si l'on défère au vœu de M.r de Molkte, anéantie comme nation; enfin l'empire germanique réédifié sur de nouvelles bases et devenu l'arbitre du monde.

Vous oubliez qu'on appartient à une nation ou à une autre par son cœur, par son esprit, par son éducation, par ses mœurs, non par la race d'où l'on est issu dans un passé plus ou moins éloigné. Or, la Lorraine et l'Alsace, déjà si françaises avant la guerre, vous avez achevé de les séparer de vous par vos exactions et vos violences; vous leur avez rendu odieux le nom de la patrie de leurs ancêtres. Mais quand vous devriez les garder, qu'est ce que vous gagneriez à cette conquête? En serez vous plus riches? plus heureux et surtout plus libres? Ceux d'entre vous dont les ossements seront restés en France renaîtront-ils à la vie? Aux veuves rendra-t-on leurs maris et aux orphelins leurs pères?

La conquête de la Lorraine et de l'Alsace, si elle doit se réaliser, ne saurait qu'accroître le poids de votre servitude et détruire les derniers vestiges de vos nationalités respectives. Enivré de son triomphe qu'il n'attribuera qu'à ses armes, et songeant à d'autres contrées où l'on parle plus ou moins la langue allemande, le roi de Prusse ne permettra pas que le régime militaire qui lui a si bien réussi puisse être entamé ou compromis par les libertés politiques. Il sera le souverain militaire, ou ce qui est la même chose, le souverain absolu de l'Allemagne, devenue une caserne prussienne. Les princes et les ducs qui règnent actuellement sur vous, du moins en apparence, seront encore moins que ses vassaux, ils seront ses officiers, et obéiront au commandement des généraux prussiens, despotes subalternes dont nous connaissons maintenant aussi bien que vous la dureté et l'arrogance.

Si jamais comme on vous le promet (il faudrait dire comme on vous en menace), un tel pouvoir obtient la prépondérance dans la politique européenne, c'en est fait de toute liberté et de toute justice dans le monde. La partie la plus civilisée du genre humain sera livrée à la discrétion de la force brutale; l'Allemagne au lieu de continuer à verser sur elle la lumière de son intelligence et de sa science, sera l'instrument de son abrutissement.

Quant à la France, nul autre qu'elle même ne lui assignera son rang parmi les puissances. Si grands que soient nos revers et quelqu'affliction que puisse lui réserver encore, en dépit de son héroisme, la fortune des combats, on ne lui fera pas accepter des conditions contraires à son honneur. Ou elle restera digne de son nom ou elle cessera d'exister. Et qui donc si ce n'est un despote infatué de lui même et dévoré d'une ambition criminelle, peut désirer son abaissement ou sa ruine? Les peuples au contraire sont intéressés à conserver à leur œuvre commune, œuvre d'affranchissement et de progrès, le concours de son libre et brillant génie.

Ad. Franck, DE L'INSTITUT.

TROIXIÈME LETTRE

Aux Puissances Neutres.

PEUPLES ET SOUVERAINS DE L'EUROPE!

Le jour où il fut reconnu impossible d'apaiser par la diplomatie le conflit qui venait d'éclater entre la France et l'Allemagne, vos gouvernements firent acte d'humanité et de sagesse en se déclarant pour la plus sévère neutralité. La guerre est un tel fléau que, lorsqu'on n'a pu l'empêcher, il faut mettre toute son autorité et toute son industrie à la circonscrire. Puis, on pouvait espérer qu'au temps où nous vivons, une guerre entre deux nations qui tiennent un si haut rang dans la civilisation européenne, et que les stériles calamités de la guerre ont déja si souvent et si cruellement éprouvées, n'excéderait point les limites autorisées par la douceur générale des mœurs et les principes aujourd'hui les plus accrédités du droit des gens. Cette illusion n'est plus permise. La lutte, du côté de la Prusse et des peuples allemands asservis à son ambition, a revêtu un caractère d'acharnement qui, depuis l'invasion de l'empire romain et la guerre de cent ans, ne s'est plus présenté dans l'histoire. Au point où elle est arrivée, elle ne peut plus être continuée sans honte pour les autres puissances de l'Europe et sans péril imminent pour leur indépendance.

La maxime égoïste de quelques publicistes : « Chacun pour soi, chacun chez soi, » n'est pas plus acceptable dans les relations internationales que dans celles de la vie privée ; elle n'a été mise en pratique dans aucun temps, et elle est aujourd'hui d'une application plus difficile que jamais. Les Etats européens, sans préjudice des droits attachés à leur souveraineté respective, forment une societé dont les membres liés par une solidarité tacite, sont obligés de respecter et de faire respecter les uns à l'égard des autres certaines lois générales d'humanité, de justice, de bonne foi, de moralité politique. Celui d'entre eux qui commet ou qui prépare contre ces lois quelque grave attentat, encourt non seulement la réprobation des autres, mais leur action répressive. C'est ainsi qu'en 1827, trois grandes puissances unirent leurs forces pour délivrer la Grèce d'une oppression devenue intolérable. C'est ainsi que, plus tard, la France et l'Angleterre s'entendirent pour amener, autant qu'il était en leur pouvoir, la suppression de la traite des nègres et pour abolir, dans leurs colonies transatlantiques, la dangereuse autant que criminelle institution de l'esclavage. C'est ainsi encore que, dans un temps plus rapproché de nous, les deux grandes puissances de l'Occident, après avoir arraché la Grèce à la tyrannie ottomane, sauvèrent l'empire ottoman de la destruction ou de la mutilation dont il était menacé par un voisin redoutable et placèrent son existence sous la sauvegarde générale de l'Europe.

Mais quoi ! l'appui que l'Europe a prêté à la race

noire, au petit peuple hellène, au gouvernement du Sultan, elle le refuserait à la France écrasée par un ennemi implacable, à la France ensanglantée, dévastée, ruinée, mise au pillage sur la plus grande partie de son territoire, et poursuivie, malgré ses offres de paix, par une guerre d'extermination! Lorsqu'on voit un homme en tenant un autre accroupi sous ses genoux et lui déchirant à coups de couteau la tête et les membres, chacun se hâte de mettre un terme à cette scène hideuse. Celui qui se contenterait de la regarder tranquillement blesserait les plus saintes lois de l'humanité et manquerait de respect envers lui-même. Cependant, si l'on en excepte une tentative avortée de timides négociations, telle est depuis plusieurs mois la conduite des puissances européennes à l'égard de la France aux prises avec l'Allemagne. La victime est-elle moins intéressante, ses droits sont-ils moins incontestables, ou moins sacrés parce que, au lieu d'un individu, c'est une nation de trente-huit millions d'âmes? Cette nation est celle que son ennemi lui-même appellait dernièrement « la noble nation française », celle qui a donné son nom aux croisades, celle qui a régné au XVIIe siècle par sa langue, sa littérature, sa philosophie, l'élégance incomparable de ses mœurs, beaucoup plus que par les armes victorieuses de son grand roi; celle qui pendant le siècle suivant a donné à la société et à l'esprit humain la conscience de leurs droits, et qui, jusque dans les excès où elle a porté alternativement la domination ou la révolte, a toujours été entraînée par quelque généreuse illusion; celle qui, à une époque plus rapprochée, après avoir aidé à la naissance de la République des Etats-Unis, a concouru pour une part importante à l'émancipation de la Grèce et de la Belgique, a sauvé avec l'Angleterre la prépondérance civilisatrice de l'Occident a provoqué au profit de la liberté commerciale la réforme du droit maritime, a contribué à créer l'Italie indépendante et constitutionnelle, et, avec la coopération de son alliée la Grande Bretagne, a ouvert la Chine aux produits et aux idées des peuples chrétiens. En regard de ses services, la Prusse serait bien embarrassée de citer les siens. C'est précisement pour cette raison qu'elle a juré de l'abaisser ou de la détruire.

Mais détournons nos regards des deux parties belligérantes pour les porter sur la guerre elle-même. En remontant le cours du temps jusqu'à une certaine hauteur, on ne pourrait rencontrer d'aussi barbares, on n'en a jamais vu d'aussi sanglantes. C'est la barbarie elle-même employant, au profit de son œuvre de destruction toutes les ressources de la civilisation, tous les secrets de la science. Il n'y a pas un principe du droit des gens tel que nous le comprenons aujourd'hui, qui ne soit constamment violé par les armées allemandes. Cependant, je ne m'arrêterai point aux atrocités qu'elles commettent chaque jour. Le tableau qu'en pourrait tracer une plume française paraîtrait suspect, en dépit de la plus scrupuleuse fidélité. Je me bornerai à signaler deux faits généraux qu'il est absolument impossible de contester, parce qu'ils dominent et expliquent tous les autres, parce qu'ils forment la trame de la tragédie sans précédent à laquelle nous assistons. L'un de ces faits, c'est la prodigalité affrayante avec laquelle on dispose de la vie humaine; l'autre c'est la substitution de la nation armée aux armées permanentes.

Il faut remonter jusqu'au despotisme asiatique, jusqu'à

l'invasion de la Grèce par Darius et par Xercès, pour voir rangées en ordre de bataille, des masses aussi compactes que celles dont le roi de Prusse a submergé notre territoire. Ce rapprochement suffit pour mettre en évidence la barbarie et l'immoralité de ce système. Qu'y a t-il, en effet, de plus barbare et de plus immoral que de mettre ainsi aux prises et, par conséquent, de vouer à la mort plusieurs millions d'hommes pour déplacer de quelques kilomètres les frontières qui séparent deux grandes et intelligentes nations? Il vaudrait bien mieux les réunir dans l'exercice des arts de la paix et dans l'œuvre indéfinie de leur commun perfectionnement. Que la guerre entre la France et l'Allemagne continue encore quelques temps dans les mêmes proportions, et bientôt, qu'elle qu'en soit l'issue définitive, il n'y aura plus de différence entre le vaincu et le vainqueur. Des deux côtés il ne restera que des femmes, des enfants, des infirmes et des vieillards.

Ce criminel gaspillage de la fleur des populations, n'est que la conséquence de l'organisation militaire de la Prusse, et imposée par la Prusse à toute l'Allemagne : je veux parler de la substitution ou ce qui revient au même de l'adjonction de la nation armée à l'armée permanente. Quand un prince ambitieux, dont la volonté n'est pas trop génée par les institutions libérales de son pays, se voit sous la main de telles forces, comment résisterait-il à la tentation d'en faire usage pour s'agrandir? Il cherche alors autour de lui un voisin moins bien préparé pour en faire sa proie, *quærens quem devoret,* et s'il est habile ou bien conseillé, il attend qu'une conjoncture heureuse ou l'irritation provoquée par son attitude menaçante lui permette de se précipiter sur elle. C'est ce qui est arrivé au roi Guillaume, d'abord avec la Danemark, ensuite avec l'Autriche, et enfin avec la France.

On s'est demandé, et l'on se demande encore tous les jours, si la guerre de 1870 a été déclarée par l'empereur Napoléon, dans un intérêt purement dynastique, ou si elle a été voulue par la nation française. Tout en partageant la conviction, d'abord acceptée par le roi Guillaume lui même, que l'immense majorité des Français, les paysans, les commerçants, les industriels, ne désiraient que la paix, je ferai remarquer que la question n'est pas là, ou qu'en la réduisant à ces termes, on n'en saisit que le petit côté. La guerre a été rendue inévitable par le formidable armement de l'Allemagne et par la concentration de toutes ses forces entre les mains d'un roi conquérant, au nom duquel on déclarait naguère, en plein Parlement, que la conquête était un droit.

Une nation de quarante millions d'âmes où, jusqu'à l'âge de cinquante ans, tous les hommes valides sont soldats, et où vient se joindre à la puissance du nombre, celle des armes les plus perfectionnées, celle des engins les plus terribles, n'est-ce-pas un péril, une menace, une provocation perpétuels pour les nations voisines ? N'est-ce-pas un fléau et un scandale pour le monde civilisé? Pour être en mesure de lutter contre de telles forces, pour ne pas s'exposer à en être accablé à la suite d'un conflit imprévu, chaque Etat devra être constitué de la même manière, devra être armé dans les mêmes proportions, devra se tenir à la hauteur de tous les progrès de l'art militaire, devra chercher pour plus de sûreté, à les dépasser. La conséquence de cette funeste émulation se présente d'elle-même à l'esprit. L'activité, l'intelligence, l'industrie des peuples seront tournées tout entières vers la guerre.

La richesse publique ira s'enfouir dans les arsenaux ou sera dilapidée en expériences faites au profit de la destruction. Les haines nationales, les ambitions sanguinaires, retrouveront leur énergie perdue. La politesse des mœurs, la délicatesse de l'esprit, la dignité morale de l'individu et les droits politiques de la société disparaîtront devant la discipline de la caserne et des camps. Ce sera un retour complet à la barbarie. Ce sera, comme dans les plus mauvais jours du moyen âge, la guerre en permanence, mais sans la trêve de Dieu.

Constituée comme elle l'est par la guerre et pour la conquête, la Prusse ne prend plus la peine de dissimuler son but et met son langage d'accord avec sa conduite. Ne tenant nul compte des sentiments, du libre arbître, de l'esprit des populations, ne regardant les hommes que comme un accessoire de la terre ou comme un vil bétail qu'on se passe de main en main, elle réclame la Lorraine et l'Alsace comme sa propriété. Non seulement elle ne comprend pas ou feint de ne pas comprendre que la France ne pourrait sans crime livrer une partie de ses enfants à leurs oppresseurs et à leurs bourreaux, mais elle a perdu le sens moral à ce point qu'elle accuse d'ambition et d'égoïsme le gouvernement qui refuse de se rendre l'instrument de cette trahison. C'est sur lui qu'elle fait retomber le sang versé par ses armes. En verité, cela serait absurde si ce n'était odieux.

Résolue à poursuivre l'accomplissement de ses desseins par tous les moyens, la Prusse s'est fait un droit de la guerre à son usage. Les excès et les crimes autrefois commis, au mépris des chefs, par une soldatesque ivre de sang et avide de pillage, elle les fait entrer dans son plan de campagne, elle les prescrit d'avance par des ordres émanés de son quartier général (1). Une proposition d'armistice, même si elle lui est présentée par les principales puissances, n'est acceptée par elle qu'en des termes qui la changent en capitulation. Elle se prépare depuis trois mois au bombardement de Paris, une ville de deux millions d'habitants, qui réunit dans son sein les plus précieux monuments de la civilisation moderne, et d'avance elle y invite comme à un spectacle les princes d'Allemagne dont elle a fait ses serviteurs. Ah! si les puissances de l'Europe souffrent cet acte de vandalisme et ce colossal attentat contre l'humanité, la postérité les en déclarera complices, l'histoire impartiale, la conscience du genre humain les enveloppera dans la honte dont elle imprimera les stigmates sur le nom de la Prusse, sur la mémoire du roi Guillaume et celle de M.r de Bismarck.

Mais ce n'est pas seulement dans l'intérêt de son honneur, c'est bien plus encore pour sauver son indépendance que l'Europe libérale et constitutionelle doit se hâter d'intervenir entre la France et son ennemie. Supposez, en effet, la France déchue de son rang et réduite à l'impuissance, qu'est-ce qui empêchera la Prusse, au nom de l'Allemagne, désormais absorbée dans son sein, de donner plus d'extension au principe qu'elle invoque aujourd'hui contre la Lorraine et l'Alsace?

(1) Voyez, dans le *Moniteur Universel* du 5 décembre 1870, la circulaire que M.r Chaudordy, delégué du ministre des affaires étrangères, adresse aux agents de la France à l'étranger.

Elle revendiquera donc, comme partie intégrante de son territoire ou de celui du futur empire germanique, toutes les provinces et tous les Etats qui ont le malheur de parler allemand. Voici d'abord les cantons allemands de la Suisse, puis les Flandres et la Hollande, car enfin le flamand et le hollandais ne sont que des dialectes de la langue qu'on parle à Berlin. Il n'y aura aucune raison de s'arrêter en si beau chemin. On fera la réflexion, si elle n'est déja faite aujourd'hui, que l'archiduché d'Autriche, détaché du patrimoine des Hapsbourg, est un fleuron nécessaire à la couronne du nouvel empire. On fera de la monarchie austro-hongroise un Etat maygare et Slave, et si l'on veut user de magnanimité envers le souverain dépossédé, on lui rendra, à titre de compensation, le royaume Lombard-Vénitien. Ce sera un nouveau coup porté à la France. On démolira son œuvre après l'avoir renversée elle même.

On se gardera bien de demander à la Russie ses provinces allemandes de la Baltique. Tout au contraire, on tendra, ou on a déja tendu au czar une main fraternelle. Pénétré comme on l'est de l'esprit et du langage des Ecritures, on lui donnera le même conseil que le patriarche Abraham donne à Loth : « Etends-toi à « l'Orient, tandis que je m'étendrai à l'Occident, et qu'il « n'y ait pas de querelle entre moi et mon frère. » La Russie à été un peu trop pressée de mettre cette convention en pratique. Elle a étendu la main sur la mer Noire et sur Constantinople, tandis que la Prusse était encore occupée sous les murs de Paris. Mais on lui a fait entendre raison. Elle acceptera la conférence dont la fière Angleterre, après avoir touché la garde de son épée, se montre disposée à se contenter. Mais si Paris devait succomber, entraînant dans sa chute toute la France, la mer Noire, qu'on n'en doute pas, deviendrait un lac russe; un général russe ou un grand duc serait gouverneur de Constantinople, et l'Angleterre, résignée sinon satisfaite, ne pouvant rivaliser d'influence avec les deux grands empires, se contenterait d'être un peuple de fabricants et de marchands. La France ne serait plus là pour faire avec elle une nouvelle campagne de Crimée.

Que l'Angleterre, l'Autriche et l'Italie y pensent bien pendant qu'il en est temps encore. La France tombée, il n'y a plus d'obstacle aux deux ambitions coalisées de la Prusse et de la Russie. Le militarisme prussien et le despotisme moscovite devenus prépondérants en Europe, c'en est fait de l'indépendance des autres nations, c'en est fait de toute liberté dans le monde.

Ad. Franck, DE L'INSTITUT.

MINISTÈRE

DES

Affaires Étrangères

CIRCULAIRES

adressées aux Agents de la France à l'Etranger.

Tours, le 12 novembre 1870.

MONSIEUR,

Vous aurez reçu la dépêche que j'ai adressée, le 7 de ce mois, à nos agents à l'étranger, aussitôt que nous avons appris l'insuccès des négociations pour l'armistice. Depuis, je me suis empressé de vous transmettre la circulaire, en date du 8, dans laquelle M. le Ministre des affaires étrangères expose si éloquemment la marche de ces négociations et la pensée du Gouvernement de la défense nationale. Le memorandum que M. Thiers a remis avant-hier aux représentants des grandes puissances neutres, conformément aux instructions qu'il avait reçues de Paris, et que je vous ai envoyé, vous a fait connaître, avec la plus grande clarté possible, l'historique de la nouvelle mission dont il avait bien voulu se charger. Je ne reviendrai pas sur ces points si complétement traités.

Je désire aujourd'hui appeler votre attention sur les raisons qui ne nous ont pas permis d'accepter les propositions incidentes émises par M. le comte de Bismarck, je veux parler de l'armistice sans ravitaillement ou des élections sans armistice.

Le refus opposé par M. de Bismarck au ravitaillement de Paris étant la principale cause de la rupture des négociations, nous nous trouvons naturellement amenés à rechercher si cette prétention du cabinet de Berlin est légitime, et dans quel ordre d'idées s'étaient placés le gouvernement britannique et le premier ministre prussien, lors des pourparlers qui ont précédé ces négociations. Il résulte de la dépêche adressée, le 20 octobre, par lord Granville à l'ambassadeur d'Angleterre à Berlin, que cet armistice devait être purement militaire, et ne préjuger en rien les conditions de la paix future. Lord Granville se borne, en effet, à le considérer comme « appelé à favoriser la convocation d'une Assemblée constituante et le rétablissement de la paix ». De son côté, M. de Bismarck, dans sa dépêche à M. de Bernstoff en date du 28 du même mois, rappelait que le cabinet de Berlin avait « déclaré consentir à un armistice assez long pour qu'on puisse procéder à des élections régulières, et être disposé à laisser entrer librement à Paris tous les députés de la France, ou sortir de la capitale les députés de Paris, si l'Assemblée se réunissait dans une ville de province ». C'était ainsi qu'avait été présentée la proposition de l'Angleterre et que nous l'avions comprise; il était évident que l'armistice s'appliquait à la réunion d'une Assemblée nationale: or si on ne peut admettre, comme nous le démontrerons tout à l'heure, des élections sans armistice, est-il possible de comprendre un armistice sans ravitaillement?

Dans la langue du droit des gens, les termes ont une valeur qu'il n'est pas possible de dénaturer, et le principe d'un armistice accepté par M. de Bismarck implique nécessairement, quand il est question d'une place assiégée, le ravitaillement de cette place. Ce n'est pas là un objet de libre interprétation, mais bien une conséquence naturelle de l'expression même dont on s'est servi et que nous ne pouvions entendre dans un autre sens que celui qui est universellement adopté. Pour tous les peuples, en effet, la condition du ravitaillement est implicitement contenue dans le principe de l'armistice, puisque chaque belligérant doit se trouver, à la fin de la suspension d'hostilités, dans l'état où il se trouvait au commencement. Or comment la France aurait-elle été dans la même situation lorsque Paris, pendant vingt-cinq jours, aurait vu diminuer, dans une sensible mesure, la somme des ressources qui lui permettent de soutenir le siége? M. de Bismarck a beau, dans sa dernière circulaire en date du 8 de ce mois, énumérer les bienfaits qui seraient résultés pour nous d'un armistice ainsi conclu, n'est-il pas clair pour tout le monde que nous aurions été, au contraire, affaiblis dans des proportions redoutables? Était-ce là véritablement le « *statu quo* militaire » dont parle le chancelier de l'Allemagne du Nord? Quoi donc? tandis que les Prussiens auraient maintenu leurs positions, nous aurions bénévolement altéré les moyens de conserver les nôtres! Nous aurions, il est vrai, gardé les munitions dont le ministre du roi Guillaume regrette, avec une commisération tout à fait désintéressée, « le gaspillage inutile et incompréhensible » (si bien compris cependant depuis deux mois par l'armée assiégeante), mais nous aurions abrégé, de notre plein gré, le temps précieux et irréparable pendant lequel il nous est permis de nous en servir avec une prodigalité qui ne nous cause aucune inquiétude ! A ce compte, plus l'armistice eût été long, plus il nous eût été funeste, et si la Prusse en avait indéfiniment prolongé la durée, la prise de Paris, sans coup férir, eût été l'inévitable résultat de sa condescendance. Est-il nécessaire d'insister sur ce point, et nos ennemis ont-ils jamais pu croire que nous admettrions une condition qui eût été pour nous l'equivalent d'une défaite ?

Ne nous y trompons pas ; c'est en vue de situations analogues que les principes du droit des gens, en pareille matière, ont été établis et reconnus. En voyant la Prusse se refuser à les admettre, poser comme une concession ce qui n'était, dans l'espèce, que l'application du droit le plus évident, considérer même le ravitaillement comme « une exigence s'écartant d'une façon insolite des usages militaires », nous avons lieu de nous demander si M. de Bismarck regarde la Prusse comme se trouvant en possession d'un droit des gens qui lui soit particulier, et qui n'a rien de commun avec celui des autres nations.

En n'acceptant pas la condition qui lui était imposée, indépendamment des autres motifs d'ordre supérieur qui lui inspiraient sa décision, le Gouvernement de la défense nationale s'est donc borné à appliquer simplement les règles ordinaires du droit. De même qu'il avait dû comprendre, en consentant à l'armistice, que le ravitaillement de Paris en était la suite nécessaire, de même il a dû refuser d'y souscrire du moment qu'il s'est vu en présence d'une prétention étrange qui ne pouvait amener qu'une situation dont les termes s'excluent : séparer, en effet, l'idée du ravitaillement de celle de l'armistice, c'était changer absolument le caractère de l'acte qu'on prétend conclure, en un mot ce n'était plus faire un armistice.

Ainsi que le constate le chancelier de la Confédération du Nord, c'était « sur le désir des Puissances neutres » que la France s'était déclarée « prête à conclure un armistice » ; or, nous aimons à espérer que ces mêmes Puissances, dont la pensée était assurément conforme aux vrais principes, et qui n'ont pu sans doute voir sans étonnement la Prusse substituer arbitrairement son appréciation personnelle à celle qui leur était suggérée à elles-mêmes par le droit des gens, ne négligeront pas de faire ressortir aux yeux du comte de Bismarck la singulière contradiction qui a coupé court aux négociations dont elles avaient pris l'initiative, et qu'elles chercheront à pénétrer les causes d'une divergence qui les a amenées à se trouver sur un terrain si différent de celui où M. de Bismarck a prétendu se placer.

Quant à nous, fidèles aux règles du droit, nous restons dans les mêmes dispositions qu'au moment où les négociations ont été entamées, et nous nous maintenons sur la base de l'armistice avec le ravitaillement qui en est la conséquence naturelle, et des élections générales sur toute l'étendue de notre territoire.

J'en viens à la seconde proposition indiquée par M. de Bismarck dans les entretiens de Versailles. Le premier ministre prussien a paru penser que des élections pourraient avoir lieu sans qu'il fût nécessaire de conclure un armistice. Il ne s'est pas contenté d'émettre cette opinion en présence de M. Thiers, et nous avons lieu de croire qu'il est disposé à répondre en ce sens aux Puissances neutres et à l'opposer comme un argument à leurs nouvelles démarches. Vous savez déjà que le Gouvernement de la défense nationale ne saurait y souscrire, mais il importe que vos soyez fixé sur les motifs de cette décision. Il suffit, pour les apprécier, d'envisager à la fois notre situation présente et les conditions nécessaires pour que des élections soient possibles en même temps que libres et vraiment sérieuses.

La France est en ce moment en armes sur tous les points de son territoire dont une partie est occupée par les armées étrangères. Absorbée par le noble souci de sa défense, animée d'une ardeur que justifie l'étendue des périls qui la menacent, elle doit, pour accomplir l'œuvre à laquelle son énergie consacre un effort suprême, ne se laisser distraire par aucune autre préoccupation, réserver enfin toutes ses ressources aussi bien que toute l'énergie de son intelligence et de son cœur à la tâche difficile qui lui est imposée et qui n'est pas au-dessus de son indomptable courage. Disséminés soit dans l'armée régulière, soit en des corps séparés, soit dans des bataillons de tirailleurs, tous les hommes valides se trouvent sous les drapeaux. En un mot la grande majorité des électeurs sont engagés dans la lutte et dispersés loin de leurs foyers ou même de leurs départements.

En cette situation, comment un vote pourrait-il avoir lieu dans un pays de suffrage universel? M. de Bismarck sait aussi bien que nous que les élections ont besoin d'un peu de temps et de sécurité. Un armistice est nécessaire pour permettre aux esprits de retrouver un calme temporaire, et, en quelque sorte, aux éléments du suffrage universel de se reconnaître, de se réunir, d'amener un résultat efficace. Il faut plus que quelques jours pour cela : une assemblée appelée à une mission si grave et qui doit être l'expression même de la pensée du pays en des circonstances solennelles, ne s'improvise pas au milieu du bruit des armes et des inquiétudes continuelles. Une nation a besoin de s'interroger et de se recueillir lorsqu'il s'agit de prononcer sur sa déstinée et de résoudre des problèmes qui engagent à la fois son présent et son avenir. Faut-il ajouter que, dans l'état actuel des choses, le gouvernement se trouvant dans Paris, et la capitale ne pouvant se mettre en communication régulière et suivie avec les électeurs, il manquerait à un vote ainsi exprimé le caractère de manifestation nationale qui peut seul en assurer l'incontestable valeur.

Le Gouvernement français souhaite vivement les élections qui doivent à ses yeux, en mettant la nation dans la pleine possession de ses droits, contribuer à aplanir bien des difficultés, et à amener une pacification qui n'a jamais cessé d'être l'objet de ses vœux les plus chers. Sur ce point les dénégations de M. de Bismarck, dans sa dernière circulaire, ne sauraient faire illusion à personne. Mais en même temps, le Gouvernement désire que les élections puissent s'accomplir dans des conditions régulières, et dont le résultat ne puisse jamais être contesté. Agir autrement, ce serait se prêter à une combinaison dangereuse, et préparer, dans la confusion, une situation très-difficile.

Telle sont, Monsieur, les raisons graves qui, mûrement pesées par le Gouvernement, lui ont dicté sa résolution. Quelque grand que fût son désir de préparer les voies à un avenir meilleur, il ne pouvait ni compromettre la défense de Paris par une concession funeste, ni autoriser des élections qui n'eussent pu être l'expression exacte du suffrage universel. Épuiser nos vivres ou perdre notre temps, c'eût été également livrer nos armes. Le Gouvernement de la Défense s'est trouvé unanime pour se refuser à une pareille transaction. Dans les graves instants où nous sommes, il ne convient pas qu'il reste d'ombre sur les faits qui s'accomplissent, et c'est pourquoi il faut que les conditions de la paix ou de la guerre soient conformes au droit, que le peuple français appelé dans ses comices soit en mesure de s'y prononcer dans la plénitude de sa libre souveraineté, et nous avons la ferme confiance que les Puissances neutres, dans l'intérêt de tous, en jugeront comme nous.

Agréez, etc.

Par autorisation du Ministre des Affaires étrangères,
Le Délégué, CHAUDORDY.

Tours, le 20 novembre 1870.

Monsieur,

Depuis deux mois environ, l'Europe épouvantée ne peut comprendre la prolongation d'une guerre sans exemple, et qui est devenue aussi inutile que désastreuse. Les ruines qui en sont la conséquence s'étendent sur le monde entier, et l'on se demande à la fois quelle peut être la cause d'une telle lutte et quel en est le but.

Le 18 septembre dernier, M. Jules Favre, vice-président du Gouvernement de la défense nationale et ministre des affaires étrangères, se rendit à Ferrières pour demander la paix au roi de Prusse. On sait la hauteur avec laquelle on s'en est expliqué avec lui. Les puissances neutres ayant fait comprendre depuis qu'un armistice militaire était le seul terrain sur lequel il fallait se placer pour arriver ensuite à une pacification, le comte de Bismarck s'y montra d'abord favorable, et des pouparlers s'ouvrirent à Versailles. M. Thiers consentit à y aller pour négocier sur cette base. Vous avez appris quel refus déguisé la Prusse lui a opposé.

On doit reconnaître cependant que les deux plénipotentiaires français ne pouvaient être mieux choisis pour inspirer confiance au quartier général prussien et mener à bonne fin la triste et délicate mission dont ils avaient si noblement pris la responsabilité. La sincérité de leur amour pour la paix n'était point douteuse, et M. de Bismarck savait bien que leur parole avait pour garant le pays tout entier. L'un et l'autre pourtant ont été écartés, et le cours funeste de la guerre n'a pu être suspendu.

Que veut donc la Prusse? Le souverain auquel il avait été annoncé qu'on faisait exclusivement la guerre est tombé et son gouvernement avec lui. L'armée qu'il conduisait n'existe plus. Il ne réste aujourd'hui que des citoyens en armes, ceux-là même que le roi Guillaume déclarait ne vouloir point attaquer, et un Gouvernement où siégent des hommes qui tiennent à honneur de s'être opposés de toutes leurs forces à l'entreprise qui devait couvrir de ruines le sol de notre patrie.

Que faut-il croire? Serait-il vrai que nos ennemis veulent réellement nous détruire? La Prusse n'a plus maintenant devant elle que la France. C'est donc à la France même, à la nation armée pour défendre son existence que la Prusse a déclaré cette nouvelle guerre d'extermination qu'elle poursuit comme un défi jeté au monde contre la justice, le droit et la civilisation.

C'est au nom de ces trois grands principes modernes outrageusement violés contre nous que nous en appelons à la conscience de l'humanité avec la confiance que malgré tant de malheurs notre devoir imprescriptible est de sauvegarder la morale internationale.

Est-il juste, en effet, quand le but d'une guerre est atteint, que Dieu vous a donné des succès inespérés, que vous avez détruit les armées de votre ennemi, que cet ennemi lui-même est renversé, de continuer la guerre pour le seul résultat d'anéantir ou forcer à se rendre par le feu ou la faim une grande capitale toute pleine des richesses des arts, des sciences et de l'industrie?

Y a-t-il un droit quelconque qui permette à un peuple d'en détruire un autre et de vouloir l'effacer? Prétendre à ce but ce n'est plus qu'un acte sauvage qui nous reporte a l'époque des invasions barbares.

La civilisation n'est-elle pas méconnue complètement lorsqu'en se couvrant des nécessités de la guerre on incendie, on ravage, on pille la propriété privée avec les circonstances les plus cruelles?

Il faut que ces actes soient connus:

Nous savons les conséquences de la victoire et les nécessités qu'entraînent d'aussi vastes opérations stratégiques. Nous n'insisterons point sur ces réquisitions démesurées en nature et en argent, non plus que sur cette espéce de marchandage militaire qui consiste à imposer les contribuables au delà de toutes leurs ressources. Nous laissons à l'Europe de juger à quel point ces excès furent coupables. Mais on ne s'est pas contenté d'écraser ainsi les villes et les villages; on a fait main basse sur la propriété privée des citoyens.

Après avoir vu leur domicile envahi, après avoir subi les plus dures exigences, les familles ont dû livrer leur argenterie et leurs bijoux. Tout ce qui était précieux a été saisi par l'ennemi et entassé dans ses sacs et ses chariots. Des effets d'habillement enlevés dans les maisons ou dérobés chez les marchands, des objets de toute sorte, des pendules, des montres ont été trouvés sur les prisonniers tombés entre nos mains. On s'est fait livrer et l'on a pris au besoin aux particuliers jusqu'à de l'argent. Tel propriétaire, arrêté dans son château, a été condamné à payer une rançon personnelle de 80,000 francs. Tel autre s'est vu dérober les châles, les fourrures, les dentelles, les robes de soie de sa femme. Partout les caves ont été vidées, les vins empaquetés, chargés sur des voitures et emportés. Ailleurs et pour punir une ville de l'acte d'un citoyen coupable uniquement de s'être levé contre les envahisseurs, des officiers supérieurs ont ordonné le pillage et l'incendie, abusant pour cette exécution sauvage de l'implacable discipline imposée à leurs troupes. Toute maison où un franc-tireur a été abrité ou nourri est incendiée. Voilà pour la propriété.

La vie humaine n'a pas été respectée davantage. Alors que la nation entière est appelée aux armes, on a fusillé impitoyablement non-seulement des paysans soulevés contre l'étranger, mais des soldats pourvus de commissions et revêtus d'uniformes légalisés. On a condamné à mort ceux qui tentaient de franchir les lignes prussiennes même pour leurs affaires privées. L'intimidation est devenue un moyen de guerre ; on a voulu frapper de terreur les populations et paralyser en elles tout élan patriotique. Et c'est ce calcul qui a conduit les états-majors prussiens à un procédé unique dans l'histoire : le bombardement des villes ouvertes.

Le fait de lancer sur une ville des projectiles explosibles et incendiaires n'est considéré comme légitime que dans des circonstances extrêmes et strictement déterminées. Mais dans ces cas même il était d'un usage constant d'avertir les habitants, et jamais l'idée n'était entrée jusqu'à present dans aucun esprit, que cet épouvantable moyen de guerre pût être employé d'une façon préventive. Incendier des maisons, massacrer de loin les vieillards et les femmes, attaquer, pour ainsi dire, les défenseurs dans l'existence même de leurs familles, les atteindre dans les sentiments les plus profonds de l'humanité, pour qu'ils viennent ensuite s'abaisser devant le vainqueur et solliciter les humiliations de l'occupation ennemie, c'est un raffinement de violence calculée qui touche à la torture. On a été plus loin cependant, et, se prévalant par un sophisme sans nom de ces cruautés même, on s'en est fait une arme. On a osé prétendre que toute ville qui se défend est une place de guerre et que, puisqu'on la bombarde, on a ensuite le droit de la traiter en forteresse prise d'assaut. On y met le feu après avoir inondé de pétrole les portes et les boiseries des maisons.

Si on lui épargne le pillage, c'est une faveur qu'elle doit payer en se laissant rançonner à merci; et même lorsqu'une ville ouverte ne se défend pas, on a pratiqué le système du bombardement sans explication préalable, et avoué que c'était le moyen de la traiter comme si elle s'était défendue et qu'elle eût été prise d'assaut.

Il ne restait plus pour compléter ce code barbare que de rétablir la pratique des ôtages. La Prusse l'a fait. Elle a appliqué partout un système de responsabilités indirectes qui, parmi tant de faits iniques, restera comme le trait le plus caractérisé de sa conduite à notre égard. Pour garantir la sûreté de ses transports et la tranquillité de ses campements, elle a imaginé de punir toute atteinte portée à ses soldats ou à ses convois par l'emprisonnement, l'exil ou même la mort d'un des notables du pays. L'honorabilité de ces hommes est dévenue ainsi un danger pour eux. Ils ont eu à répondre sur leur fortune et sur leur vie d'actes qu'ils ne pouvaient ni prévenir, ni réprimer, et qui, d'ailleurs, n'étaient que l'exercice légitime du droit de défense. Elle a emmené quarante ôtages parmi les habitants notables des villes de Dijon, Gray et Vesoul, sous prétexte que nous ne mettons pas en liberté quarante capitaines de navire faits prisonniers selon les lois de la guerre.

Mais ces mesures, de quelques brutalités qu'elles fussent accompagnées dans l'application, laissaient au moins intacte la dignité de ceux qui avaient à les subir. Il devait être donné à la Prusse de joindre l'outrage à l'oppression. On a exigé de malheureux paysans, entraînés par force, retenus sous menace de mort, de travailler à fortifier les ouvrages ennemis et à agir contre les défenseurs de leur propre pays. On a vu des magistrats, dont l'âge aurait inspiré le respect aux cœurs les plus endurcis, exposés sur les machines des chemins de fer à toutes les rigueurs de la mauvaise saison et aux insultes des soldats. Les sanctuaires, les églises ont été profanés et matériellement souillés. Les prêtres ont été frappés; les femmes maltraitées, heureuses encore lorsqu'elles n'ont pas eu à subir de plus cruels traitements.

Il semble qu'à cette limite, il ne reste plus dans ce qu'on appelait jusqu'ici du beau nom de droit des gens aucun article qui n'ait été violé outrageusement par la Prusse. Les actes ont-ils jamais à ce point démenti les paroles?

Tels sont les faits. La responsabilité en pèse tout entière sur le gouvernement prussien. Rien ne les a provoqués, et aucun d'eux ne porte la marque de ces violences désordonnées auxquelles cèdent parfois les armées en campagne. Il faut qu'on le sache bien, ils sont le résultat d'un système réfléchi dont les états-majors ont poursuivi l'application avec une rigueur scientifique. Ces arrestations arbitraires ont été décrétées au quartier général, ces cruautés résolues comme un moyen d'intimidation, ces réquisitions étudiées d'avance, ces incendies allumés froidement avec des ingrédients chimiques soigneusement apportés, ces bombardements contre des habitants inoffensifs ordonnés. Tout a donc été voulu et prémédité. C'est le caractère propre aux horreurs qui font de cette guerre la honte de notre siècle.

La Prusse a non-seulement méconnu les lois les plus sacrées de l'humanité, elle a manqué à ses engagements solennels. Elle s'honorait de mener un peuple en armes à une guerre nationale. Elle prenait le monde civilisé à témoin de son bon droit. Elle conduit maintenant à une guerre d'extermination ses troupes transformées en hordes de pillards; elle n'a profité de la civilisation moderne que pour perfectionner l'art de la destruction. Et comme conséquence de cette campagne, elle annonce à l'Europe l'anéantissement de Paris, de ses monuments, de ses trésors, et la vaste curée à laquelle depuis trois mois elle a convié l'Allemagne.

Voilà, Monsieur, ce que je désire que vous sachiez. Nous ne parlons ici qu'à la suite d'enquêtes irrécusables; s'il faut produire des exemples, ils ne nous manqueront pas, et vous en pourrez juger d'après les documents joints à cette circulaire. Vous entretiendrez de ces faits les membres du gouvernement auprès duquel vous êtes accrédité. Ces appréciations ne sont pas destinées à eux seuls, et vous pourrez les présenter librement à tous. Il est utile qu'au moment où s'accomplissent de pareils actes, chacun puisse prendre la responsabilité de sa conduite, aussi bien les gouvernements qui doivent agir, que les peuples qui doivent signaler ces faits à l'indignation de leurs gouvernements.

Recevez, etc.

Pour le ministre des affaires étrangères,

Le délégué, CHAUDORDY.

16

www.ingramcontent.com/pod-product-compliance
Ingram Content Group UK Ltd.
Pitfield, Milton Keynes, MK11 3LW, UK
UKHW021126230726
13926UKWH00002B/647